鈴の音童話

天《てん》までひびけ！ぼくの太鼓《たいこ》

山口《やまぐち》 華《はな》 作《さく》／山中冬児《やまなかふゆじ》 絵《え》

もくじ

1　おじいちゃんち

ぼくが切符《きっぷ》をさしこむと、ピヨピヨ、と改《かい》札機《さつき》が鳴った。ちぇ、半額《はんがく》だからってヒヨコの声はやめてくれ、もう四年なのに。一人で地下鉄乗って、おじいちゃんちの駅まで来たってのにさ。

おまけに、雨だ。広い歩道を色とりどりのかさの列が動いている。信号を走ってわたると、頭に雨がポツポツ当たる。

細い道へ曲がればおじいちゃんちだけど、ぼくは直進して、「ダンススタジオ・オカダ」

というビルを見つけた。

ガラスばりの一階は、壁《かべ》に鏡《かがみ》をはったダンス教室。横手にある階段《だん》の下で耳をすますと、うん、かすかに聞こえる。ダンス音楽、じゃなくて、太鼓《たいこ》とカネの音。

ドンチキチッドン、ドンチキチ。

ぼくは階段をのぼり、自動ドアをくぐった。自販機《じはんき》のあるロビーみたいな所に出る。太鼓《たいこ》の音が、ずっと聞こえている。

2　お祭太鼓《まつりだいこ》

「みんないそがしいよってな、おはやしの練習は週一回だけ、そのかわり六月からや」

去年、このビルの持ち主「岡田《おかだ》のおっちゃん」がそんなことを言ってた。それから、

「公民《みん》館はボロくてあかん。床《ゆか》はきしむし、

ご近所に音が丸聞こえ。その点、うちは防音《ぼうおん》設備《せつび》ばっちりや」

今、その古い公民館は建てかえ工事中だと、先週おばあちゃんが電話で教えてくれた。

「だからカズちゃん、太鼓《たいこ》やんのなら、おっちゃんの息子《むすこ》はんのやってる、ダンス教室行ってみ。工事の間、公民館の古いパネルもあずかる言うてはったし。うちのおじいちゃんと、ひいじいちゃんも、パネルの写真にのってるんよ。一回、見てちょうだい」

…なるほど、これか。自販機《じはんき》の横の壁《かべ》に大きなパネルが数枚《まい》、はってある。上には「新《しん》町天神《まちてんじん》の歴史《れきし》」という手書きの看板《かんばん》。パネルのなかみは古びた写真や地図だった。

近づいて、じっくりさがす。左端《はし》のパネルは、でこぼこした灰色《はいいろ》の景色《けしき》を写した古い写真で、タイトルは「焼《や》け野原」。ああ、学校の「平和学習室」にこれとそっくりのやつがあったっけ。

「地車再建《だんじりさいけん》」という白黒写真に、お祭のだ

んじりの横で笑《わら》って立ってる人を見つけた。これたぶん、ひいじいちゃんだ。おじいちゃんそっくりの、たれ目の横のしわ三本。

別のパネルに、おじいちゃんもいた。色あせたカラー写真で、タイトルは「にぎわい」。お祭の人に囲《かこ》まれて、だんじりのてっぺんで扇《おうぎ》を手にバランスよく立っている。

…ドンチキチッドン、ドンチキチ。

ぼくはほっと息をついて、ロビーの先の

防音扉《ぼうおんとびら》を見た。と、少し間《ま》があって、

ドンチキ、チキチキ、チキチキ、チッ、

鳴り方が変わった。テンポも速い。ゆれ動くだんじりや大勢《おうぜい》のはっぴ姿《すがた》が目にうかぶ。

でも、ぼくは一人で来たので緊張《きんちょう》していた。練習場には岡田《おかだ》のおっちゃんがいるはずだから、言わなくちゃ、「四年になったから、ぼくも太鼓《たいこ》やりたいんやけど」って。

…これも去年、おじいちゃんちで。

「カズヤくん、お祭太鼓《だいこ》やらへんか」

　祭のうち合わせをしに来たおっちゃんが、急にぼくの方を見て言った。

「新町《しんまち》の子供《こども》会は人数減《へ》ってしもて。カズヤくんは新町《しんまち》小とちゃうけど、藤井《ふじい》の大将《たいしょう》の孫《まご》やし、特別《とくべつ》に新町天神《しんまちてんじん》の子供太鼓《こどもだいこ》に入れたる。

……**ドンチキチッドン、ドンチキチ**」

　おっちゃんはおはやしに合わせてボールペンで机《つくえ》の端《はし》をたたくと、ぼくに説明した。

……太鼓《たいこ》の子は真っ赤な頭巾《ずきん》かぶってな、目立つでぇ。思いっきり打ったらスカーッとするし。何人かで交代するから、しんどない。どや、いっぺんやってみんか？

するとよこからおじいちゃんが、たれ目の横の三本じわを細めて笑《わら》ったんだ、

「今年はあかん、太鼓《たいこ》は四年生からや。おまけにカズヤはチビやし」

「できるて。この大将《たいしょう》かて若《わか》いころ、チビで身ぃ軽かったよって、だんじりのてっぺんで踊《おど》ってたんや」

「よっしゃカズヤ。四年になったらな」

「来年はわてがお祭総代《そうだい》や、よろしくたのむで、カズヤくん」

…夏祭は、小さい時から何度も見た。おはやしが遠くから聞こえると、もうむずむずして、おばあちゃんの手を引っぱりながら、だんじりをさがして走り回ったものだ。

やがて、祭のビートは耳にじんじん鳴りひびき、となりの家の屋根より高く、てっぺんに立つ「屋根方《やねかた》」の人が見えてくる。

だんじりが家の前で止まる時、おはやしは
ちょっとスローなテンポの、
ドンチキチッドン、ドンチキチ。
になる。それから
打ちまっしょ、チーンチン。
もひとつせえー、チーンチン。
祝《いお》うて三度、チンッチチーン！
と、祭の人がこちらへ向いて手をたたく。お
ばあちゃんがご祝儀《しゅうぎ》をわたし、だんじりが動
き出すと、おはやしは走り出すようなテンポ

でまた始まるんだ。

ドンチキ、チキチキ、チッドン、

ドンチキ、チキチキ、チキチキ、チ

ドンチキ、チキチキ、チキチキ、チッドン、

ドンチキ、チキチキ、チキチキ、チ…

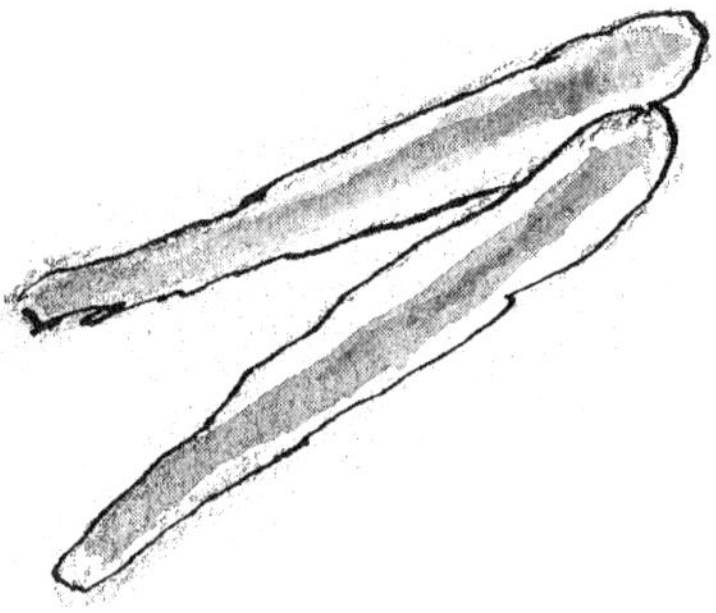

3　ぼくの太鼓《たいこ》練習

「ハイ、休憩《きゅうけい》！」

という声で音がやんだ。岡田《おかだ》のおっちゃんの声だ。ぼくは防音扉《ぼうおんとびら》をぐっと押《お》し開けた。

子供《こども》が十人ぐらいと、太鼓《たいこ》が三つ。ナベのふたみたいな金色のカネもある。

一番前に、おっちゃんが立っていた。

「カズヤくんやないか！　来てくれたか、うれしいなあ。この通り、人数足りへんのや。四時からやけど、遅《おく》れても全然《ぜん》かまへん」

まだ何も言わないうちに、おっちゃんはぼくのそばへ来て背中《せなか》に腕《うで》を回し、

「みんな。藤井《ふじい》さんの孫《まご》で、カズヤくんや。応援《おうえん》にかけつけてくれてんで。そうやなあ？」

ぼくは小さくうなずいた。

「さっそくやってみて。サワイくん、教えたって。

中学生はあんただけやさかい、たのむで。カズヤくん、えんりょせんでやってみ」

おっちゃんはよどみなくしゃべり続《つづ》け、サワイくんの前までぼくを連れていった。一人だけノッポのその中学生は、

「これ。ここ持つねん」

と、太くて、ママがケーキ作る時のメンボウみたいなバチを二本、貸《か》してくれた。

それから、ぼくの太鼓《たいこ》練習が始まった。

4　おじいちゃんは？

しびれた腕《うで》をさすりながら階段《かいだん》を下りて道に出た。雨はやんでるけど、うす暗い。

おばあちゃんにおやつもらお。じきおじいちゃん帰ってきたら、「今日、太鼓《たいこ》やってみたで」って言お。

細道へ入ると、おじいちゃんちが見えた。一階の半分はガレージで「藤井建材店《ふじいけんざいてん》」と書いたシャッターが下りている。あそこは小さなダンプカーの寝床《ねどこ》だ。おじいちゃんは毎日、工事現場《げんば》から帰ると、車体の砂《すな》ぼこりを落とし、ゆっくり腕《うで》を動かしてフロントグラスをふき、そのあとシャッターを閉《し》めるんだ。

あれ。てことは、今日はもう仕事終わってるんだ。ぼくは玄関《げんかん》のチャイムを押《お》した。

「あら、カズちゃん来たん。学校終わるのこんなにおそいの?」

おばあちゃんがエプロン姿《すがた》で出てきた。

「金曜が練習日って教えてくれたやん。もう行ってきたで、ダンススタジオ・オカダ」

ぼくは台所へ直行して流しで手をあらった。

「あれまあ、もう行ったんかいな」

「パネルも見た」

「ほんまにぃ。おじいちゃん写ってたやろ」

「うん、それにひいじいちゃんも、すぐわかった。おじいちゃんにめっちゃ似《に》てるもん」

言いながら奥《おく》の居間《いま》の方を見た。おじいちゃんがぼくの声を聞きつけたかな、と思って。

「カズちゃんドーナツ食べる？」

おばあちゃんからお皿をもらって、ぼくは居間へ行った。

「あれ、おじいちゃんは？」

居間はからっぽだ。

「麦茶飲む？　ジュースもあるけど」

おばあちゃんは冷蔵庫《れいぞうこ》をのぞきこんでいる。

ぼくはすわってドーナツをかじった。おば

あちゃんはお盆《ぼん》を持って居間に入ってき、

「そいで、太鼓《たいこ》どやった？」

「まあまあ。おじいちゃん町内会？」

「…カゼやねん」

おばあちゃんは麦茶を二杯《はい》ついで、

「おじいちゃんカゼやの。あんまりゴホゴホ
いうから、お医者へ出かけたんよ、さっき」

と言うと、自分の分をごくっと一口飲んだ。

そして何だか早口で、

「『わしは五十年間、医者にかかったことない』

とか自慢《じまん》してるやろ、いつも。じつはお医者さん大キライなん。けど、なんや長引くカゼやから、春先からずっとやの、いやでしょ、やっと診《み》てもらう気になったんよ」

「ふーん」

「せっかく寄《よ》ってくれたのに、ごめんなぁ。おじいちゃんに言うとくわ、カズちゃん太鼓《たいこ》やりに来たって。喜《よろこ》ぶで、きっと」

「うん」

「また来週ね。電車乗って来《く》んのたいへんやけど、一月《ひとつき》ちょっとのことやし」

おばあちゃんは台所へお皿をさげ、玄関《げんかん》のドアをあけて外の空を見上げた。

「やんでるみたい。今のうちにお帰り」

ぼくはおじいちゃんちを出た。

5 新町天神《しんまちてんじん》のお守《まも》り

　おじいちゃんが入院したとママから聞いたのは、次の週の木曜のことだった。

「検査《けんさ》入院よ、調べるための入院」

「いつ？」

「今朝。明日あんた太鼓《たいこ》たたきに行っても、

家には寄《よ》らないでよ。おばあちゃん病院行ったりして、いそがしいからね」

ママはぼくを見すえてビシッと言った。

翌日《よくじつ》、太鼓《たいこ》の練習に行くと、岡田《おかだ》のおっちゃんはぼくの頭をぽんとたたいて、

「カズヤくん、がんばってくれなあ」

とだけ、たのみごとみたいに言った。

ぼくはいくつか打ち方を教わり、腕《うで》がじんじんするのにも少し慣《な》れた。

ドンチキチッドン、ドンチキチ。

これは止まってる時の打ち方。

ドンチキ、チキチキ、チキチキ、チッドン、
ドンチキ、チキチキ、チキチキ、チ。

これは「道中《どうちゅう》」。道を進む時の打ち方。

閉《し》めきった部屋を太鼓《たいこ》の重い音がふるわせる。ぼくのおなかや頭の中もふるえて、まるで自分も太鼓《たいこ》になった気分だ。

日曜日、パパとママと三人で病院へ行った。

九階の病室で、大きな窓《まど》の見晴らしはいい。けど、あいにくの梅雨空《つゆぞら》で、窓《まど》ガラスはほとんど灰色《はいいろ》の雲でうまってる。

おじいちゃんの日焼《や》けした茶色の顔は、真っ白いベッドの上で目立っていた。枕元《まくらもと》には、新町天神《しんまちてんじん》のお守り。それをさわって、おじいちゃんは寝《ね》たまま肩《かた》をすくめた。

「岡田《おかだ》のぼんがくれよった。『はよ病院出て祭の準備《じゅんび》手伝え』って。そやのに、明日また別《べつ》の検査《けんさ》やて。ほんま、めんどくさいでー」

…それから二度、練習日がすぎた。日曜日にまた病院へ行ったら、おじいちゃんは車椅《い》

新町

子《す》にすわっていた。
「寝かされてばかしやさかい、フットワークにぶってしもた。はよリハビリしたいわ」と話すおじいちゃんの、目じりの三本じわはますます深く、パジャマからのぞく足首は細くて白かった。
ぼくは、パネルの中のおじいちゃんを思った。「屋根方《やねかた》」自慢《じまん》のフットワーク。ぼくも体重は軽い方だ。ぼくも、…ぼくもいつか、だんじりのてっぺんに立ちたい。

6 「つちまさ七号」

七月に入り、子供太鼓《こどもだいこ》はだいぶ上達《たつ》して、みんなの音がぴったり合ってきた。おばあちゃんが注文してくれたぼくのはっぴも、届《とど》いたそうだ。いよいよ、本番が近い。

練習のあと、ピシャピシャ雨をふんで、

「ドンチキ、チキチキ、チキチキ、チッ、」

と歌いながらおじいちゃんちへ行った。

「まあまあ、ごくろうやねえ、ハイ麦茶」

ぼくはパリッと真新しい、青いはっぴと真っ赤な頭巾《ずきん》を受け取った。

玄関《げんかん》におばあちゃんのかばんとかさがある。これから病院に行くのかな。はたして、

「駅までいっしょに出よ。ちょっと待ってて、二階の窓閉《まどし》めてくるよって」

ぼくは待つ間、タタキにあるドアからうす

暗いガレージへ入ってみた。セメント用の砂《すな》袋《ぶくろ》に囲《かこ》まれて、おじいちゃんのダンプは、洞《ほら》穴《あな》で眠《ねむ》る大きな動物みたいだ。

フロントグラスの下に「つちまさ七号」という小さなプレートがあるのに気づいた。

「あららカズちゃん、そんなとこにいてたん」

レインコートを着たおばあちゃんが、ガレージをのぞきこんだ。

「土ぼこりノドに入るから、出といで。おじいちゃんみたいにセキ出るよ」

「『つちまさ七号』」

と、ぼくは読み上げた。

「あ、それね」

おばあちゃんはにっこりしてぼくのそばへ来た。プレートを見ながら、

「名札《ふだ》やねんよ。ひいじいちゃんの昌也《まさや》さんが最初に乗った薪《たきぎ》トラックが『つちまさ一号』。これは七台目いうわけ。なんでダンプに名前なんかあるんやろね、おかしいでしょ」

そして笑いながら片手《かたて》で目をぬぐった。

7　天の鳥居《とりい》

翌週《よくしゅう》は、土曜日に新町天神《しんまちてんじん》の境内《けいだい》で練習があった。そしてなんと、パパが見物に来た。祭の日の前に、ぼくの太鼓《たいこ》を聞いときたい、って。なんか、てれるなあ。

ノッポの物置《ものおき》みたいな所からだんじりがひ

きだされた。大人《おとな》たちが点検《てんけん》をしたあと、ぼくたちもだんじりに乗って、太鼓《たいこ》やカネをたたいた。

ドンチキチッドン、ドンチキチ。

おはやしの音が、ぱぁーんと境内《けいだい》に広がる。木立《こだ》ちやビル、灰色《はいいろ》にたれこめた雲までが、かすかにふるえるようだ。

でも、太鼓《たいこ》の共鳴で空が破《やぶ》けたように、とつぜん大粒《おおつぶ》の雨がふり出した。大急ぎでだんじりをしまい、練習は終わった。

帰りに病院へ行った。ぼくのはっぴ姿《すがた》を、おじいちゃんに見せようってわけ。

九階で、白い服のお医者さんがちょうど病室から出てきて、パパにあいさつした。

「藤井《ふじい》さん？　少しお時間いいですか？」

パパとその人は何か相談があるみたいで、二人でどこかへ行ってしまった。

ぼくが病室へ入ると、おじいちゃんは眠《ねむ》っていた。点滴《てんてき》のチューブのついた左手が、うすいふとんの上にのっている。

ぼくはひまなので、かばんからはっぴを出して着た。ついでに赤い頭巾《ずきん》もかぶった。窓《まど》の外は雨、空が九階より低くなったようにいちめん灰色《はいいろ》だ。でこぼこ並《なら》ぶビルも灰色《はいいろ》。灰色《はいいろ》の町。ぼくは急に思い出した。スタジオにあった古い写真、「焼《や》け野原」。

ゴロゴロゴロ、と空のどこかで雷《かみなり》が鳴った。

「…わしがカズヤぐらいの時、新町《しんまち》は空襲《くうしゅう》で焼けたんや。焼けあとはみーんな灰色《はいいろ》やった」

ぼくはびっくり、ふり返った。おじいちゃ

んがベッドに起きあがり、三本じわの目を細めて窓《まど》を見ている。

「町を作り直したんは、父《と》っちゃんたちや」

おじいちゃんは話し続《つづ》けた。

「セメントにれんがに木ぃ。みんなで運んで、家も道も作った。それからだんじりも」

おじいちゃんはぼくのはっぴと頭巾《ずきん》を見て、にっこりした。それから両手を出すと、人さし指でベッドのふちをたたいて、

「**ドンチキチッドン、ドンチキチ**」

ぼくも何だかうれしくなって、おじいちゃんに合わせて歌い、窓枠《まどわく》を指でたたいた。

「ドンチキチッドン、ドンチキチ」

そして、おじいちゃんの手に、もう点滴《てんてき》のチューブがついてないことに気づいた。

「ドンチキ、チキチキ、チキチキ、チッ、」

…知らない間に、リズムが変わっていた。

そしておや！　どこからかほんとのおはやしが聞こえる。どこだろう？　するとおじいちゃんが、細いあごで窓《まど》をさした。

あそこだ！　灰色《はいいろ》の空の彼方《かなた》から、お祭行列が、

ドンチキ、チキチキ、チキチキ、チッ、

やって来る！　先頭は、赤いちょうちんをつるし、のぼり旗《ばた》をたてた…、

あれっ！　だんじりじゃない。あれはトラックだ。旗には「つちまさ一号」の文字。運転席《せき》には…ひいじいちゃん！

次に来るのは三輪のトラック。積《つ》み荷の材《ざい》木《もく》の上で、赤い大うちわをふってる人がいる。

ぼくは指で太鼓《たいこ》のリズムをきざみながら、せのびして目をこらした。

やって来る。今度こそ本物のだんじりが。

ひときわ高くそびえる屋根。ひびきわたる太《たい》鼓《こ》にカネの音。

ドンチキチッドン、ドンチキチ。

祭の行列はすぐそばで止まり、いっせいに、

打ちまっしょ、チーンチン。

もひとつせえー、チーンチン。

祝《いお》うて三度、チンッチチーン!

ぱぁーんと広がる声に、窓《まど》ガラスはビリッとふるえて消えうせた。

トン！　と軽い音がして、おじいちゃんがだんじりのてっぺんへとび乗った。いつしかまっさおなはっぴ姿《すがた》。腰《こし》をおとし、バランスよく屋根をふみしめて。右手の扇《おうぎ》が蝶《ちょう》のようにひるがえり、ピッ！　と彼方《かなた》の空をさす。

ドンチキ、チキチキ、チキチキ、チッドン、ドンチキ、チキチキ、チキチキ、チ。

ふたたび始まる急テンポのおはやしに合わ

せ、踊《おど》るように拍子《ひょうし》をとるおじいちゃん。動き出した行列は、下界の町へおりてゆく。

ドンチキ、チキチキ、チキチキ、チッ、

ぼくは目を見はった。トラックとだんじりが通ってゆくと、灰色《はいいろ》だった町なみが、みるみるフルカラーに色づいてゆく。目ざめてのびをするように、家々は赤や青の屋根をしゃんと高くあげ、ビルは銀色にキラキラ光り出す。大通りの並木《なみき》はつやつやと緑の葉をしげらせ、店は色とりどりの看板《かんばん》でかざられる。

ゴロゴロゴロ、とだんじりが急坂を下る時のような、勢《いきお》いづいた雷《かみなり》がとどろいた。

ドンチキ、チキチキ、チキチキ、チ。

おはやしが次第に遠ざかる。小さくなるだんじりのてっぺんで、おじいちゃんが、ぼくの方へ大きく手をふり上げたように見えた。

ぼくは、町と空のつながる果《は》てに、赤い鳥《とり》居《い》を見つけた。新町天神《しんまちてんじん》の大鳥居《とりい》？　……いや、あそこはもっと遠い、もっと高い。

行列はそこへ向かってのぼり始めた。おは

やしが遠のく。つちまさ一号が鳥居《とりい》をくぐる。
三輪《さんりん》トラックが、おじいちゃんを乗せただん
じりが、天の鳥居《とりい》をくぐって消えてゆく。
「…ドンチキ、チキチキ、チキチキ、チ」
気がつくと、ぼくの指だけが、窓枠《まどわく》で小さ
くリズムをきざんでいた。
外は雲が切れ、ひさしぶりの太陽が、金色
の光をフルカラーの町に投げかけていた。

8　天までひびけ！

七月二十一日は新町天神《しんまちてんじん》の夏祭だ。まっさおに晴れ上がり、パワー全開の夏の日ざし。だんじりがおじいちゃんちの前に止まった時、ぼくは鳴り物席で太鼓《たいこ》を打った。

ドンチキチッドン、ドンチキチ。

おばあちゃん、パパ、ママ、おばさんにいとこたち、近所の人もいる。大将《たいしょう》この方が喜《よろこ》ぶやろ、って岡田《おかだ》のおっちゃんが、今年も三本締《じ》めをやることに決めたんだ。

打ちまっしょ、チーンチン。

もひとつせえー、チーンチン。

祝《いお》うて三度、チンッチチーン！

そしてお祭行列は動きだし、フルスピードで天神《てんじん》さんの大鳥居《とりい》へと向かう。ぼくは大きく腕《うで》をふって、太鼓《たいこ》を打ち鳴らす。

新町

ドンチキ、チキチキ、チキチキ、チッドン、
ドンチキ、チキチキ、チキチキ、チ。
天までひびけ！　ぼくの祭太鼓《だいこ》。

おわり

8　天までひびけ！

あとがき

ある時、義父《ぎふ》が、だんじりや太鼓《たいこ》のことをひとしきり語ったことがありました。

義父は、地元の人たちとともに、ずっととだえていただんじりや獅子《しし》・太鼓を復活《ふっかつ》させ、それ以来、毎年のお祭を何より大事にしていたのです。

「今度ひとつ、祭に生きた男の物語っちゅうのを、書いてくれよ」

なんて、冗談《じょうだん》めかして言っていました。

その言葉は、私の心の中にずっとねむっていましたが、ふと芽《め》を出して育ちはじめ、この物語ができました。
お祭のわくわくした気分を味わいながら読んでいただければ、うれしいです。

山口　華

作・山口　華（やまぐち はな）

1966年生まれ。
京都大学文学部英文学科卒。日本児童文芸家協会会員。
J.R.R.トールキン『終わらざりし物語』(河出書房新社）の翻訳グループに参加。
創作はグリーンファンタジー『海鳴りの石』(銀の鈴社）全4巻。

「天までひびけ！　ぼくの太鼓」は第2回読売ファミリー童話大賞（2005年）一般の部優秀賞を受賞。

Eメール　hanna0714@yahoo.co.jp

絵・山中冬児（やまなか ふゆじ）本名・一益

1918年大阪生まれ。1940年大阪美術学校油絵科卒。
■主な作品（絵本・挿絵）
『ドリトル先生航海記』(偕成社)、『ジュニア版世界の名詩』(岩崎書店)、『だいもんじの火』(ポプラ社)、『しらゆきひめ』(金の星社)、『ふうたのゆきまつり』(あかね書房)、ほか童心社、教育画劇、実業之日本、評論社、文研出版、講談社、小峰書店、新学社など多数。

NDC913
山口　華　作
東京　銀の鈴社　2008
64P　21cm　A5判（天までひびけ！　ぼくの太鼓）

定価＝一、二〇〇円＋税

鈴の音童話
天までひびけ！　ぼくの太鼓

二〇〇八年五月二五日　初版
著　者――山口　華©　山中冬児・絵©
発　行――㈱銀の鈴社　http://www.ginsuzu.com
発行人――柴崎　聡・西野真由美
〒104-0061　東京都中央区銀座1・21・7・4F
電　話　03（5524）5606
FAX　03（5524）5607
〈落丁・乱丁本はおとりかえいたします〉

ISBN978-4-87786-722-5　C8093

印刷・電算印刷　製本・渋谷文泉閣